GUIDEBOOK ON ULYSSES

『尤利西斯』使用指南

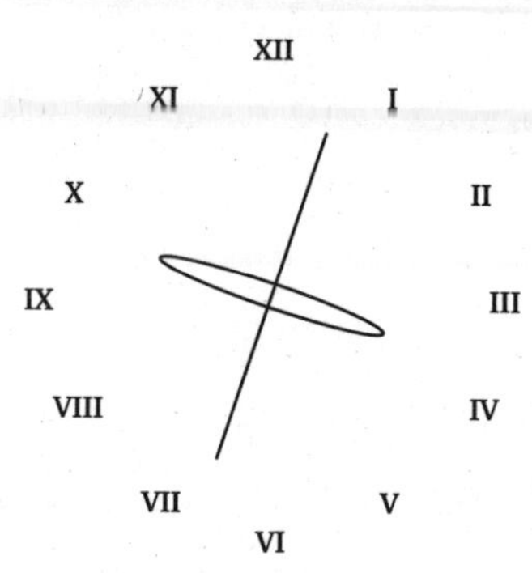

CONTENTS

目录

一　文洁若：半个世纪的文学姻缘

今天（二〇〇五年一月二十七日）是老伴萧乾的九十五岁诞辰。尽管他已在六年前的二月十一日去世，却永远活在喜爱他的著作和翻译的读者心里，也活在跟他相濡以沫达四十五年之久的我心里。

自从一九九〇年八月着手合译《尤利西斯》以来，萧乾和我就和这部意识流顶峰之作结下了不解之缘。

萧乾说过："我认为好的翻译，译者必须喜欢——甚至爱上了原作，再动笔，才能出好作品。"（见《译林》1999年第1期《翻译漫谈》——翻译这门学问或艺术创造是没有止境的。）

早在二十世纪四十年代初，刚过而立之年的萧乾曾从英国伦敦给时任中国驻美大使的胡适写信道：

"这本小说（指《尤利西斯》）如有人译出，对我国创作技巧势必大有影响，可惜不是一件轻易的工作。"

当时萧乾做梦也没想到，五十年后他会在译林出版社社长李景端先生的鼓励和全体同志的协助下，和我一道把这部意识流开山之作合译出来。

现在来谈谈我们当初译《尤利西斯》的动机。

一九八四年和一九八六年，我曾两次陪萧乾重访剑桥。一九八四年那次，我们还到萧乾二十世纪四十年代在王家学院攻读硕士学位时的导师乔治·瑞兰的寓所小叙。瑞兰还是位莎士比亚专家，我们见到他时，他已八十四岁，仍兼任着艺术剧院院长。一九四二年至一九四四年六月，刚过而立之年的萧乾就在这间宽敞舒适的书房里，定期与导师讨论自己的研究成果。只消把关于劳伦斯、伍尔夫、福斯特和乔伊斯的十几篇小论文串起来，就是一篇硕士论文。然而，在《大公报》老板胡霖的劝告下，萧乾放弃了即将到手的学位，走上战地记者的岗位。他当时想的是：欧战这样的人类大事，并不等人。现在不投进去，以后可无法弥补。至于研究工作，只要把这些书籍、笔记、日记、卡片保存好，将来年老力衰，跑不动了，照样可以整理成文章。他哪里想得到，日后会发生一些事，使他毕生的心血化为灰烬呢？

一九七九年八月底萧乾应美国爱荷华大学“国际写作计划”主持人保罗·安格尔、聂华苓邀请，赴美参加三十年来海峡两岸以及中美作家之间首次交流活动。次年一月，经香港回京后，他对自己的健康状况信心倍增。遂在一九八一年初，不顾四位大夫的劝阻，动了摘取左肾结石手术。手术后尿道不通，八个月后又做一次全身麻醉大手术，割除了左肾。从此元气大伤。一九八五年，仅余的右肾已告中等损伤。一九九〇年六月，肾功能就只剩下常人的四分之一了。当年八月，译林出版社社长李景端先生上门来约我们翻译《尤利西斯》时，我立即想：这正是目前情况下最适宜萧乾做的工作了。创作我帮不上忙，翻译呢，只要我把初稿译好，把严“信”这个关，以他深厚的中英文功底，神来之笔，做到“达、雅”，可以说是驾轻就熟。与其从早到晚为病情忧虑，不如做一项有价值的工作，说不定对身心还有益处。大功告成之日，就意味着给他二十世纪四十年代功亏一篑的意识流研究工作画个圆满的句号。

我们正译得热火朝天时，收到了萧乾的英国恩师瑞兰写来的信，鼓励道：“你们在翻译《尤利西斯》，使我大为吃惊，钦佩得话都说不出来。多大的挑战。衷心祝愿你们取得全面的成功。”（一九九三年七月二十八日）大功告成后，年届九十三岁的导师给他这个八十五岁的昔日高足来函褒奖：“亲爱的了不起的乾：你们的《尤利西斯》一定是本世纪最出色的翻译。多大的成就！我渴望了解学生们和一般市民有何反应。务请告知。”（一九九五年一月十六日）

一九九八年十二月，九十六岁高龄的瑞兰驾鹤西去，不出两个月，他那位半个多世纪前的中国研究生也溘然长逝。萧乾不曾拖垮在《尤利西斯》上，然而自一九九五年五月起，却为“募集文史基金”所扰，着急上火，疲于奔命，最后诱发了心肌梗塞（北京医院的主任医生叹着气说：“两大脏器都坏啦。”），不治身亡。

翻译过程中，我曾参看过三种日译本。每一种日译本都比前一种强，而且他们并不讳言参考过前人的译文。有位译者干脆在序文中说：“有些句子，由于前一位译者已经用最恰切美丽的日语表达了原著的意境，我无法回避。”这几种译本的译者个个是著名作家、评论家、教授、乔伊斯研究家。自一九三二年二月《尤利西斯》第一种日译本由岩波书店出版后，六十七年来，还没听说哪位译者指责后来者抄袭或剽窃了他的哪段译文。这些日本同行都有雅量，看来前人甘愿做后人的梯子，以便让日本广大读者读到更翔实可靠的译文。

参看并不等于盲从。我们发现，第十八章摩莉的独白中有一句“I'm always getting enough for 3 forgettin”（莎士比亚书屋一九二二年版，第715页第5至6行），三种日译本都不约而同地译为“买上三先令的，就足够了，可我总是忘记”。一九九五年四月十九、二十日这两天，译林出版社主办的首届“乔伊斯与《尤利西斯》研讨会”在北京召开，爱尔兰驻华大使多兰女士、都柏林乔伊斯研究中心主任罗伯特·乔伊斯，以及英国、日本、澳大利亚和我国的学者二十余人在会上做了高水平的学术发言。我把一份用英、日两种文字写的书面材料交给与会的日本明治大学教授、乔学专家近藤耕人先生，请他转交给合译《尤利西斯》最后一个译本的三位日本学者。大意是说：我们认为摩莉独白中的那个“3”，不是指“先令”而是指“人”，所以是这么译的："我总是买上足够三个人吃的，净忘记。"还加了个注："这里指摩莉总忘记女儿米莉已离开家去谋生了，所以经常把她那一份也买了。"

一九九七年，我陪萧乾住在北京医院时，承蒙日本资深汉学家、东京大学教授丸山升先生（萧乾自传《未带地图的旅人》的日译者）将丸谷才一、永川玲二、高松雄一重新合译的《尤利西斯》豪华本（一九九六—一九九七年集英社版）邮寄给我们。我首先翻看第十八章中摩莉的那句独白。果然，已按照我们的见解改了。译初稿时，我曾受惠于日本同行，这次多少能报答一下，感到很高兴。

本书全译本出版后，受到读者的广泛关注，一些热心的朋友（尤其是上海外国语大学语言文学专业博士研究生冯建明先生）还就某些译文提出了宝贵的意见，并提供了补充的人物表。都柏林大学迪克兰·基伯德（Declan Kiberd）教授还惠赠他写了长序、并加了详尽注释的英国"企鹅二十世纪名著丛书"一九九二年版《尤利西斯》。一九九六年新华社外籍专家刘伯特（Lew Baxter）又特地为我们找来了伦敦伯德里·海德出版社弥足珍贵的一九四七年版本（是根据一九三七年版重印的）。二〇〇四年，承蒙爱尔兰电视台的诺克斯先生惠赠一本海德出版社二〇〇一年版的《尤利西斯》原著，刊头附有一九九三年由汉斯·沃尔特加布勒写的前言。他认为，他们这个版本是经得起考验的。这三种版本，对我此次修订译本，都很有帮助。在此一并致谢。修订的原则是：（一）极少数确实理解有误的，重新订正；（二）文字修饰过多的，予以删除，尽量保持乔伊斯遣词造句的独特风格，但仍坚持力求易懂的尝试。

二〇〇五年一月，趁着译林出版社重排《尤利西斯》的机会，我又重新全面修订了一次译文。主要是把文字改得简洁一些。当初怕读者不容易接受，添加了一些字，有忽视意识流特色之嫌。标点符号也尽量做得跟原文一致。但第十四章还是保留了不少添加上去的引号，否则弄不清哪句话是谁说的了。日本学者丸谷才一等重新合译的修订本，也加了原著所没有的引号，显然他们也是为了读者着想才这么做的。

然而，将这个译本修订得精益求精，是个长远而难度很大的工作。我决心在有生之年，向读者奉献出一部比较满意的《尤利西斯》校改译本，因为这是萧乾与我将近半个世纪之久的文学姻缘的结晶。

二 《尤利西斯》结构图表

本图表是詹姆斯·乔伊斯在1921年为帮助他的朋友斯图尔特·吉尔伯特（Stuart Gilbert, 1883—1969）理解《尤利西斯》的基本结构而制作的。其中，章节名是本书初版时加在各章前的，后删去。“器官”“学科”“颜色”“象征”指的是各章的主导意象。

章节名	场景	时间	器官	学科	颜色	象征	技巧
第一部：帖雷马科							
01 帖雷马科	炮塔	上午八点		神学	白、金	继承人	叙述（年轻的）
02 奈斯陀	学校	上午十点		历史	棕	马	教义问答（个人）
03 普洛调	海滩	上午十一点		语言学	绿	潮汐	独白（男性）
第二部：尤利西斯的漂泊							
04 卡吕蒲索	住所	上午八点	肾	经济学	橙	仙女	叙述（成熟的）
05 吃萎陀果的种族	浴室	上午十点	生殖器	植物学、化学		圣餐	自恋

06	阴间	墓地	上午十一点	心脏	宗教	白、黑	看守者	孵化
07	埃奥洛	报社	中午十二点	肺	修辞学	红	编辑	备忘
08	莱斯特吕恭人	餐馆	下午一点	食道	建筑学		警察	递进
09	斯鸠利和卡吕布狄	图书馆	下午两点	脑	文学		斯特拉特福德/伦敦	辩证
10	游岩	街头	下午三点	血液	机械学		市民	迷宫
11	塞仑	音乐厅	下午四点	耳	音乐		酒吧女招待	赋格
12	独眼巨人	酒吧	下午五点	肌肉	政治		芬尼亚	巨人症
13	瑙西卡	岩石区	晚上八点	眼、鼻	绘画	灰、蓝	处女	肿胀 / 消肿
14	太阳神的牛	医院	晚上十点	子宫	医学	白	母亲	胚胎发育
15	刻尔吉	妓院	午夜十二点	运动器官	魔法		妓女	幻想

第三部：回家

16	尤迈奥	马车夫棚	凌晨一点	神经	航海术		水手	叙述（年老的）
17	伊大嘉	住宅	凌晨两点	骨骼	科学		彗星	教义问答（非个人的）
18	潘奈洛佩	床		肉			地球	独白（女性）

三　《尤利西斯》与《奥德修纪》对照

（文洁若 编）

《尤利西斯》采用与古希腊史诗《奥德修纪》（或译《奥德赛》）情节相平行的结构。尤利西斯就是这部史诗中的英雄奥德修斯。奥德修斯是他的希腊名字，拉丁文名字则为尤利西斯。乔伊斯把主人公布卢姆在都柏林一天的活动与尤利西斯的十年漂泊相比拟。乔伊斯感到他所生活的世界乃是荷马世界的再现。小说赋予平庸琐碎的现代城市生活以悲剧的深度，使之成为象征普通人类经验的神话或寓言。

在创作过程中，为了突出三部十八章的主题，作者还把荷马这部史诗的人名、地名或情节分别作为各部章的题目。但是发表这部小说时，为了使读者把注意力集中在书中人物上，并没有用那些章目。然而西方评论家至今在提到各章时，仍袭用过去的章目。本文将小说每章主要内容以及与《奥德修纪》有关章节之间的关系加以简述。

第一部：帖雷马科

第一章：帖雷马科

时间是一九〇四年六月十六日上午八点。青年斯蒂芬·迪达勒斯因母病危，从巴黎返回都柏林。丧母后，又因父亲西蒙成天酗酒，就从家里跑出来，租了一座圆形炮塔，靠教书糊口。医科学生勃克·穆利根也搬来与他同住。穆利根还把英国人海恩斯也招进来。小说开始时，他们三人吃罢早饭，来到海滩上。穆利根把炮塔的钥匙也要了去。斯蒂芬打定主意不再回到塔里去住。穆利根对斯蒂芬说："雅弗在寻找一位父亲哪！"他把斯蒂芬比作《创世记》中寻找父亲挪亚的雅弗。只不过雅弗和《奥德修纪》中的帖雷马科找的都是生身之父，而斯蒂芬找的却是一位精神上的父亲。斯蒂芬离开生身之父，而终于寻觅到一位精神上的父亲布卢姆这一情节，暗喻了不在本土参加叶芝等人的爱尔兰文艺复兴运动，并且脱离天主教，流亡欧洲大陆从事写作的乔伊斯本人的立场。

据《奥德修纪》卷一，尤利西斯离开家乡伊大嘉岛的二十年间，他的独子帖雷马科已从一个婴儿成长为壮小伙子了。他接受女神雅典娜的建议，动身到蒲罗去，问奈斯陀是否知道他父亲在哪儿。

第二章：奈斯陀

斯蒂芬在迪希校长的私立小学任历史教员。这是星期四，下午没有课。放学后，他到校长室去领薪水。校长对他进行了一番开导，并交给他一篇关于口蹄疫的信稿，托他找个报纸发表。

本章中的迪希校长影射《奥德修纪》卷三中的蒲罗王奈斯陀。奈斯陀是参加特洛伊战争的阿凯众王中最年长的一位。他劝帖雷马科到拉刻代蒙去，向曼涅劳王打听一下奥德修斯的下落。

第三章：普洛调

上午十一点。斯蒂芬踱出学校，徜徉在沙丘海滩。抽象的思维不断地在他的脑际浮现。他把校长那篇原稿的空白处撕下来，将自己想到的词句记在上面。本章情景交融，变幻多端的大海与斯蒂芬的抽象思维，代表着能够任意改变形象的海中老人普洛调。

本章与《奥德修纪》卷四中曼涅劳对帖雷马科所讲的一段话相呼应。战后，曼涅劳带着妻子海伦乘船归国途中，漂流到埃及。从埃及动身返回故乡之际，活捉住海中老人普洛调。为了摆脱他，普洛调先后变成狮子、豹子、长蛇、流水和树木，然而曼涅劳死死抓住他不放。最后普洛调只得让步，把曼涅劳所要知道的事一股脑儿告诉了他。海中老人说，尤利西斯被女神卡吕蒲索扣留在一座海岛上。

第二部：尤利西斯的漂泊

第四章：卡吕蒲索

上午八点。小说的主人公利奥波德·布卢姆出现了。他是匈牙利裔犹太人，这时正以替《自由人报》兜揽广告为业。他喜食牲口下水，出去买了一副腰子。回家后，给还未起床的妻子玛莉恩端去早餐。玛莉恩是个小有名气的歌手，而她的情人博伊兰（花花公子）近日将安排她到外地做一次演出。布卢姆还把刚收到的一封信和一张明信片交给妻子。那封信好像就是博伊兰写来的。明信片则是在穆林加尔市的照相馆工作的女儿米莉在收到十五岁生日的礼物后，寄来的感谢信。妻子若无其事地告诉布卢姆，当天下午博伊兰要给她送节目单来。布卢姆整天为此事烦恼，但他在进项比他多的漂亮老婆面前抬不起头来。

在《奥德修纪》卷七中，尤利西斯追述他在回故国途中船只遇难，部下统统葬身大海。他只身漂到奥鸩吉岛。该岛女神卡吕蒲索爱上了他，留他住了七年。本章把生在直布罗陀的玛莉恩比作这位女神。关于奥鸩吉岛，有两种传说：西班牙的直布罗陀或意大利的玛尔塔岛。乔伊斯心目中是前者。

第五章：吃萎陀果的种族

上午十点。布卢姆化名亨利·弗罗尔，与一名叫玛莎·克利弗德的女打字员互通情书。他是通过在报纸上登广告招聘女助手而跟玛莎通起信来的。这一天他到邮局取了玛莎的回信，读毕不禁飘飘然。他的假姓“弗罗尔”（Flower）作“花”解，而玛莎的信里又夹着一朵枯花，均与花果有关。

在《奥德修纪》卷九中，尤利西斯追述他们一行人到达了吃萎陀果的种族所住之处。尤利西斯的部下中，凡是吃了甜蜜的萎陀果的人，都不想回家了。

第六章：阴间

十一点钟。布卢姆乘马车去参加迪格纳穆的葬礼。同车的有斯蒂芬之父西蒙·迪达勒斯。西蒙愤愤地说，勃克·穆利根把他的儿子引入了邪路。灵柩及送葬车驶抵坟地，下葬后，布卢姆在坟丛间徜徉，通过只活了十一天的独子鲁迪的夭折以及他自己的父亲的自杀，对死亡做着反思。

本章中对葬礼及坟场气氛有精彩的描述。可与《奥德修纪》卷十一中，由尤利西斯追述他赴阴间去询问自己未来的命运这一场面对照着来读。

第七章：埃奥洛

中午。布卢姆到《自由人报》报社去，向主编说明自己揽来的凯斯商店的广告图案。接着，又到《电讯晚报》报社去。这时斯蒂芬也来了。他想向该报推荐迪希校长的原稿。主编克劳福德却对该稿嗤之以鼻。斯蒂芬当天早晨领了薪水，就请大家到酒吧去。本章中有不少关于狂风的描述。

本章可与《奥德修纪》卷十中尤利西斯所追述的风神的故事对照着来读。风神埃奥洛曾在自己所统治的海岛上款待尤利西斯等人，并送给他一只牛皮袋，里面装着除西风之外“所有的风”。但正当西风把船送往家乡时，尤利西斯的部下以为那袋里有珍宝，便擅自将它打开。于是，“所有的风”都呜呜叫着飞出来，把船刮回到埃奥洛的岛屿。风神大怒，把他们赶走。本章所述的新闻报道的影响——如克劳福德告诉斯蒂芬的那条关于凤凰公园刺杀案的独家新闻，象征着现代社会的风，而校长的稿件被退回使斯蒂芬感到的失望，象征着尤利西斯被吹回到原地时的沮丧心情。

第八章：莱斯特吕恭人

下午一点钟。布卢姆走进一家廉价小饭馆伯顿。这里既脏且乱，人们在狼吞虎咽，丑态百出，吃相十分难看。于是他又换了另一家高级一点的饭馆，是一个名叫戴维·伯恩的人开的。饭后，当他走到图书馆前面时，看到博伊兰迎面走来，便赶紧躲进博物馆里。

本章可与《奥德修纪》卷十中尤利西斯关于嗜食人肉的莱斯特吕恭人的追述对照着来读。尤利西斯所率领的十二艘船中的十一艘，不听他的劝阻驶进了帖勒蒲洛港口。莱斯特吕恭人从峭壁上丢下巨石砸船，把人叉起，带回去吃掉。唯独尤利西斯是把船停泊在港口外面的，才得以生逃。

第九章：斯鸠利和卡吕布狄

下午两点钟。斯蒂芬在图书馆对包括图书馆长以及评论家和学者在内的听众发表关于莎士比亚的议论。不久，布卢姆也来了，却没有卷进这场议论。他躲避了博伊兰，却又面临讨论莎士比亚这一难题。他还是乖巧地躲闪过去了。

本章可与《奥德修纪》卷十二中尤利西斯所追述的乘船从两座

峭岩当中驶过的历险记对照着来读。斯鸠利有六个头，藏在一边的峭岩的洞里。每逢船从洞前驶过，这六个头就各从船上抓走一个人。另一边的峭岩上长着一棵枣树，树脚下藏着个可怕的怪物，名叫卡吕布狄。它每天把海水吸进三遍，又重新吐出。船只如在它吸水时由此经过，就必然被吞没。于是，船到这里，尤利西斯便把船尽量往斯鸠利那边靠。尽管损失了六名部下，其余的人还是幸免于难。

第十章：游岩

下午三点至四点。本章由十九个片段所构成，分别描绘了形形色色的人物在都柏林市的活动。在琳琅满目的人物画廊里，有总督夫妇和随从，康米神父，残疾军人，书摊老板等。本书的其他十七章，场面及人物的内心活动都集中地写，唯独这一章，则把同一个时间内不同的人在不同的地方的“意识流”组合在一起。在技巧上最有新意。

本章可与《奥德修纪》卷十二中尤利西斯关于游动岩石的追述对照着来读。那是两座陡峻的巨岩，在大海中没有根基，只是浮在水面上。有时海流使它们聚拢，相互撞击，有时潮水又把它们分开。岩前喧腾着巨浪，连只鸟儿都飞不过去。任何船只从那里驶过，都必然会遭到毁灭。尤利西斯避开游岩，改取斯鸠利和卡吕布狄之间的那条航路。

第十一章：赛仑

下午四点。布卢姆到奥蒙德酒吧去进餐。博伊兰也进来片刻，又匆匆离去。布卢姆想到此人即将与自己的妻子幽会，心里很不自在。西蒙·迪达勒斯和本·多拉德分别用男高音和男低音演唱歌曲，博得喝彩。布卢姆在那里回了一封情书给玛莎·克利弗德。在本章中，作者着眼于音响、旋律、概念的排列。开头是诗句般的短文，那是以音乐为主导的本章的主题歌。人面鸟身的赛仑有着无比美妙的歌喉，为了点题，这里通篇使用了音调铿锵、节奏感很强的语言，犹如悠扬悦耳的乐声。

本章可与《奥德修纪》卷十二中尤利西斯关于他们乘船经过赛仑居住的海岛的追述对照着来读。尤利西斯预先在伙伴们的耳朵里塞上了蜡，并吩咐伙伴用绳子把自己捆在桅杆上。凡是听了赛仑歌声的人，无不奔上该海岛，因而送命。尤利西斯却因身子挣脱不开，安然脱险。

第十二章：独眼巨人

下午五点。地点是巴尼·基尔南酒吧。这里聚集着乔·海因斯、一个绰号“市民”的无赖、杰·杰·奥莫洛伊等人。布卢姆因约好和马丁·坎宁翰在此见面，所以也来了。接着“市民”攻击起犹太人来。身为犹太人的布卢姆实在忍无可忍，他和坎宁翰上了马车后，就顶撞“市民”道：“你的天主跟我一样，也是个犹太人。”“市民”气得抓起一只饼干罐就往布卢姆身上扔，但未击中。布卢姆和坎宁翰乘马车逃之夭夭。

本章相当于《奥德修纪》卷九中尤利西斯追述他们对付独眼巨人波吕菲谟的故事。漂流到独眼巨人的岛上后，尤利西斯率领十二名部下进了波吕菲谟的岩洞。六个部下被这个巨人吃掉了。尤利西斯便把巨人灌醉，在部下的协助下戳瞎了巨人的独眼。他们乘船逃到海面上，巨人从岸上掷过一块大石头，幸未击中。波吕菲谟是海神波塞冬之子。从此，尤利西斯等人受到海神的诅咒，只能继续在海上漂流，一直回不了家乡。

第十三章：瑙西卡

晚上八点钟。三个少女在圆形炮塔附近的沙丘海滩上乘凉。伊迪带来个小弟弟，西茜也在哄双胞胎的弟弟汤米和杰基玩。格蒂则心事重重，因为她的男友关在家里用功，许久不见了。布卢姆坐在不远的地方，深深地为格蒂的美貌所吸引。格蒂意识到布卢姆的视线，并寻思：也许嫁给这么一个中年绅士倒也挺好。杰基踢过去的球滚到布卢姆旁边，他把球扔回来，落在格蒂的裙下。当格蒂再把球踢回去时，两人的目光不期相遇。格蒂离开海滩时，布卢姆才发现原来她是个瘸子。本章的前一半用的是十九世纪浪漫主义恋爱小说的文体，着重描写格蒂，后一半转为布卢姆的“意识流”。

本章可与《奥德修纪》卷六中瑙西卡公主的故事对照着来读。卡吕蒲索奉宙斯之命放尤利西斯离开海岛，驶向故乡。由于波塞冬呼风唤雨，使他跌到海里。在女神伊诺的帮助下，他好歹爬上了腓依基人的国土，在灌木丛里睡下。该国公主瑙西卡扔球玩，把尤利西斯吵醒，他就从灌木丛中走出来。尤利西斯在王宫里受到殷勤款待。国王想招他做驸马，但他因故国还有妻小，就婉言谢绝了。布卢姆和格蒂彼此意识到了对方，以目传情，这与尤利西斯与瑙西卡公主虽相互抱有好感，却不曾进一步接近是遥相呼应的。最后阿吉诺王备船，把尤利西斯送回伊大嘉。

第十四章：太阳神的牛

晚上十点。布卢姆到妇产医院去探望难产的米娜·普里福伊太太。医院食堂里聚集着一群医学院学生，斯蒂芬·迪达勒斯和他的朋友林奇也在那里。他们高谈阔论，个个喝得酩酊大醉，布卢姆是唯一清醒的。不久，米娜生下了个男婴。斯蒂芬说还要请大家去伯克酒店喝酒，就离开了医院。布卢姆托护士给产妇捎个好，接着也赶了去。

本章共使用了三十来种文体，富于变化。作者借着文字艺术的发展来象征胎儿的发育过程。本章可与《奥德修纪》卷十二中尤利西斯所追述太阳神的宝岛的故事对照着来读。尤利西斯的部下宰了太阳神的几头肥牛烤来吃，唯独尤利西斯一口也没吃。他们上船后，遭到风暴袭击，除了尤利西斯而外，全都淹死。尤利西斯被冲到奥鸠吉岛上，住在那里的女神卡吕蒲索收留了他。

第十五章：刻尔吉

半夜十二点钟。这是夜街的狂想曲，故事从马博特街开始，在贝拉·科恩夫人所开的妓院里达到高潮。起初，布卢姆被警察抓去受审。罪名是给塔尔博伊夫人写情书等，其实，这些只是他动过的念头。后来他又突然荣任市长，还成为爱尔兰国王，随后即遭到群众的攻击，被驱逐出境。布卢姆摆脱幻想后，到科恩夫人开的妓院去找斯蒂芬。斯蒂芬喝醉后抡起手杖击碎了妓院的灯，飞奔到街上。布卢姆也跟出去。有两个英国兵向斯蒂芬寻衅，对他大打出手。布卢姆产生错觉，把斯蒂芬当成自己那已夭折了的儿子鲁迪，就将斯蒂芬搀扶起来，沿街走去。

本章可与《奥德修纪》卷十中尤利西斯所追述的刻尔吉的故事对照着来读。尤利西斯的船从食人族那里虎口脱险后，在埃亚依岛靠了岸。尤利西斯的表弟率领一批人先上了岸，来到女神刻尔吉的妖宫。除了待在外面的表弟，其余的人全被刻尔吉用魔法变成了猪。尤利西斯闻讯只身前往，凭着信使之神赫尔墨的保护，破了刻尔吉的魔法。刻尔吉不但按照尤利西斯的吩咐，使他那些部下重新变成人，还留他们住了一年。本章中的老鸨像是刻尔吉，拯救斯蒂芬的布卢姆，则像是尤利西斯。

第三部：回家

第十六章：尤迈奥

下半夜。布卢姆和斯蒂芬来到一家通宵开张的马车夫棚。那里有个红胡子水手，说他在世界各地航行了七年，即将回家去，并讲了种种奇怪的风俗习惯。老板的绰号叫“剥山羊皮”。顾客们风闻他就是曾参与凤凰公园刺杀案的菲茨哈里斯，便对他肃然起敬。布卢姆和斯蒂芬却与这些人格格不入，布卢姆便邀斯蒂芬到自己家去。

本章可与《奥德修纪》卷十四中尤利西斯回到伊大嘉后，乔装成穷老头儿来到猪倌尤迈奥的窝棚，备受款待的故事对照着来读。尤迈奥当然认不出旧主人了，却为尤利西斯铺上了山羊皮，请他坐下。红胡子多少带有流浪多年后返回家乡的尤利西斯的影子。本章用的是晦涩难懂的文体，以反映醉后挨打的斯蒂芬和疲惫不堪的布卢姆的情绪。

第十七章：伊大嘉

下半夜。布卢姆把斯蒂芬领回家后，在厨房里请他喝可可，并聊了一会儿。布卢姆想留斯蒂芬在家过夜，斯蒂芬谢绝了，然而同意教布卢姆的妻子学意大利文。天蒙蒙亮时，他告辞而去。布卢姆走进卧室后，发现室内的摆设略有变动，便幻想起博伊兰和玛莉恩白天在此幽会的情景来。他推测与妻子发生关系的绝不止博伊兰一个人。看来旧市长迪伦、本·多拉德、西蒙·迪达勒斯、利内翰等人都跟她有过暧昧关系。他琢磨了半晌妻子的这些情人究竟意味着什么。转念一想，反正一切都是无所谓的，于是就恢复了心情的宁静。本章是用天主教《要理问答》（用问答法向教徒解释教义的小册子）的文体写的。作者巧妙地借这种呆板的文体，幽默俏皮地表达了自己的思绪。

本章可与《奥德修纪》卷二十二中，尤利西斯把向他妻子求婚的人统统杀死，恢复家庭安宁的故事对照着来读。所不同的是，布卢姆采取的是精神胜利法，仅在心理上抹杀妻子的众多情人。

第十八章：潘奈洛佩

本章自始至终是处在半睡半醒中的玛莉恩的“意识流”。出现在梦境中的有丈夫、博伊兰、初恋的对象哈利马尔维中尉等等。丈夫回家后告诉了她斯蒂芬的事，她又开始幻想要和那位尚未晤面的年轻教员和诗人谈情说爱了。她是个水性杨花的女人，丝毫也不忠实于丈夫，却又安于现状。因为她知道，像布卢姆这样知识丰富、有教养、为人宽厚的男子，她是再也找不到了。本章完全不用标点，结构也很别致。全文由八大段组成，只在第四大段末尾和第八大段末尾（即全书终结处）分别加了个句号。

在《奥德修纪》卷十九至二十三中，尤利西斯的妻子潘奈洛佩是直到求婚者被统统杀死后，才被老保姆从睡梦中叫醒，下楼去见丈夫的。但她面对着阔别二十年的丈夫，生怕上当，不敢贸然相认。直到她通过只有自己和丈夫才晓得的床腿的秘密（尤利西斯的卧室是围着一棵橄榄树建造的，他亲手用树身做成一条床腿）来试探丈夫，这才相信丈夫真的回来了。于是夫妻团圆。乔伊斯描绘的是都柏林市的现代生活，布卢姆的妻子玛莉恩是和潘奈洛佩大相径庭的人物。

四 《尤利西斯》人物

（一）主人公家谱

布鲁姆家族

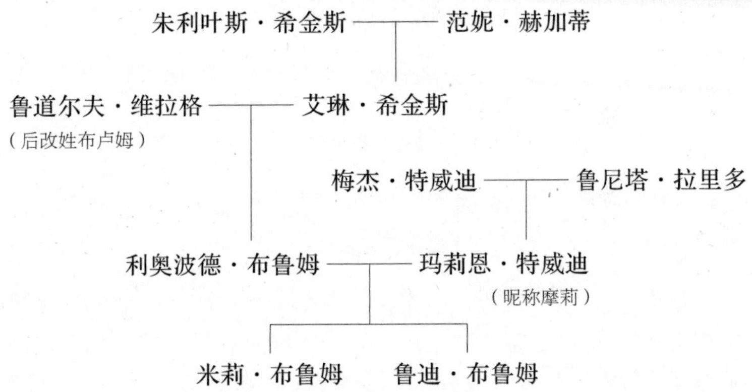

迪达勒斯家族

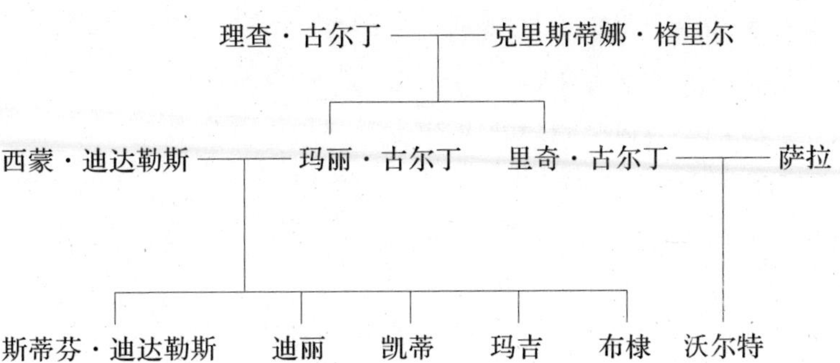

（二）主要人物表
（按姓氏首字母排列）

珀西·阿普约翰（Percy Apjohn）：布卢姆少年时代的伙伴，在南非战争（1899—1902）中阵亡，出现布卢姆的回忆之中。

阿尔米达诺·阿尔蒂弗尼（Almidano Artifoni）：意大利音乐教员，斯蒂芬之友。

亚力克·班农（Alec Bannon）：医科学生，布米莉的男友，也是勃克·穆利根圈子的一员。在第十四章中和穆利根相遇，二人同赴霍恩产院。

耶尔弗顿·巴里夫人（Mrs. Yelverton Barry）：和贝林厄姆夫人、默雯·塔尔博伊夫人同为都柏林上层社会淑女，主要出现在第十五章。

菲利普·博福伊（Philip Beaufoy）：伦敦戏迷俱乐部成员，写通俗短篇小说的人。布卢姆认为他是个优秀的作家，十分羡慕他。

小个子阿尔夫·伯根（Little Alf Bergan）：以爱开玩笑闻名。

理查德·欧文·贝斯特（Richard Irvine Best）：爱尔兰国立图书馆副馆长，后接替利斯特，成为馆长。爱好艺术，崇尚王尔德，后半生埋头治学。

盲青年（A Blind Stripling）：在第八章中，布鲁姆曾搀着他过马路。

艾琳·布卢姆（Ellen Bloom）：利奥波德·布鲁姆之母，娘家姓希金斯。

利奥波德·布卢姆（Leopold Bloom）：生于1866年，昵称为波尔迪，以替《自由人报》拉广告为业。曾化名“亨利·弗罗尔”与打字员玛莎·克利弗德秘密通信。他是乔伊斯笔下20世纪的奥德修斯（尤利西斯）形象，妻子是摩莉。

米莉·布卢姆（Milly Bloom）：利奥波德与摩莉的独生女，生于1889年6月15日，在韦斯特米思郡穆林加尔市科格伦先生所开的照相馆工作，并在那里遇到了亚力克·班农。

摩莉·布卢姆（Molly Bloom）：原名玛莉恩·特威迪，利奥波德·布鲁姆之妻，生于1870年9月8日。其父布赖恩·库珀·特威迪曾在西班牙南端的英国要塞直布罗陀服役，她即出生于该地。是都柏林小有名气的歌手，艺名“特威迪夫人”。

鲁道尔夫·布卢姆（Rudolph Bloom）：利奥波德之父，匈牙利裔犹太人，出生于匈牙利的松博特海伊市。原名鲁道尔夫·维拉格，移居爱尔兰之后改姓布卢姆。在妻子死后变得沮丧，于1886年6月27日自杀。

鲁迪·布卢姆（Rudy Bloom）：利奥波德与摩莉的独子，生于1893年12月29日，只活了11天便夭折。自从鲁迪死后，布卢姆夫妇就没再有过性生活。

伊迪·博德曼（Edy Boardman）：格蒂的女友，性格矫情。现年二十一岁。有一个不满一岁的弟弟。

布莱泽斯·博伊兰（Blazes Boylan）：歌手，摩莉的情夫，正在筹划一次巡回歌唱演出，摩莉也在被邀之列。

威廉·布雷登（William Braydon）：爱尔兰律师，《自由人报》主编。

丹尼斯·布林（Denis Breen）：约瑟芬的丈夫，患有神经病。收到了一张写着“万事休矣”的明信片，他花了大量时间试图对此提起诉讼。

布林太太（Mrs. Breen)：原名约瑟芬，昵称乔西，娘家姓鲍威尔。比摩莉大两岁。婚前她曾爱过布鲁姆，一直不忘旧情。

奥马登·伯克（O’Madden Burke）：《自由人报》记者，斯蒂芬之友。

戴维·伯恩（Davy Byrne）：酒吧老板。当天布鲁姆在他的店里吃了午饭。

西茜·卡弗里（Cissy Caffrey）：格蒂的朋友，性情活泼，有一对四岁的双胞胎迪迪（汤米、杰基）。

卡伦小姐（Miss Callan）：妇产医院护士。

士兵卡尔（Private Carr）：英国士兵。

"市民"（The Citizen）：粗俗、狂热的民族主义反犹主义者，在第十二章中与布鲁姆吵架，并向布鲁姆扔了一个罐头。

J. 西特伦（J. Citron）：布卢姆的朋友，犹太人。布卢姆夫妇住在西伦巴德街的时候，离西特伦家不远。

玛莎·克利弗德（Martha Clifford）：布鲁姆的笔友及柏拉图式情人。真名是佩吉·格里芬，其兄是克蒂夫橄榄队的后卫。

克林奇太太（Mrs. Clinch）：一个受人尊敬的女人，但是布鲁姆曾经误认为她是个妓女，差点和她搭讪。

弗朗西斯·科菲神父（Father Francis Coffey）：教诲师，在第六章中在帕狄·迪格纳穆的葬礼上为其执行赦免仪式。

贝拉·科恩（Bella Cohen）：妓院老鸨。在第十五章中，曾一度改称男性名字贝洛。

士兵康普顿（Private Compton）：英国士兵，卡尔的搭档。

约翰·康米（John Conmee）：于1905年8月被任命为管辖教区的大主教，去世的前一年卸任。在《一个青年艺术家的画像》中，是斯蒂芬就读的克朗戈伍斯森林公学的校长。

约翰·科利（John Corley）：斯蒂芬之友，生活没有着落。

鲍勃·考利（Bob Cowley）：原名罗伯特。是一个不务正业的神父，但还没糟糕到被开除教籍的程度。

克兰利（Cranly）：斯蒂芬在《一个青年艺术家的画像》第五章中的密友。在那部小说中，他扮演的角色类似于《尤利西斯》中的勃克·穆利根。

迈尔斯·克劳福德（Myles Crawford）：《电讯晚报》的主编。

J. 克罗瑟斯（J. Crotthers）：出生于苏格兰的医科学生。

马丁·坎宁翰（Martin Cunningham）：布卢姆之友，心地善良，多方照顾迪格纳穆遗族。

潘趣·科斯特洛（Punch Costello）：原名弗朗西斯。医科学生。

加勒特·迪希（Garrett Deasy）：在多基办了一所私立男校。上午，他给斯蒂芬发了薪水，并交给他一封关于口蹄疫的信，求斯蒂芬帮忙联系发表。

布棣·迪达勒斯（Boody Dedalus）：斯蒂芬的幼妹，尚在上学。

迪丽·迪达勒斯（Dilly Dedalus）：斯蒂芬的妹妹，长得最像长兄斯蒂芬。

凯蒂·迪达勒斯（Katey Dedalus）：斯蒂芬的幼妹，尚在上学。

玛吉·迪达勒斯（Maggy Dedalus）：斯蒂芬的妹妹。她从玛丽·帕特里克修女那儿讨来些豌豆，替妹妹们熬汤吃。

玛丽·迪达勒斯（Mary Dedalus）：斯蒂芬之母。娘家姓克尔丁。是以作者的母亲为原型塑造的人物。

西蒙·迪达勒斯（Simon Dedalus）：斯蒂芬的父亲，年前丧妻，家境困难，是以作者的父亲为原型创造的人物。

斯蒂芬·迪达勒斯（Stephen Dedalus）：1882年生，是以乔伊斯本人为原型创造的人物，也是自传性小说《一个青年艺术家的画像》中的主人公。他离开家，租住在海边的圆形炮塔中，并在多基的私立男校执教。

帕狄·迪格纳穆（Paddy Dignam）：生前曾在律师约翰·亨利·门顿的事务所工作，因酗酒被开除，患病而死。本书第六章的主要内容即是他的葬礼。

帕特里克·阿洛伊修斯·迪格纳穆（Patrick Aloysius Dignam）：帕狄的遗孤中最年长者。

马特·狄龙（Mat Dillon）：原名马修。都柏林市的一名参议院，布鲁姆一家人的朋友。

迪克森医生（Dr. Dixon）：仁慈圣母玛利亚医院见习生，在霍恩产院实习。布卢姆于5月23日被蜜蜂蜇伤后，曾由他包扎。斯蒂芬之友。

吕便·杰·多德（Reuben J. Dodd）：1911年12月1日的《爱尔兰工

人》报刊载了《救一条命获得半克朗》一文。大意是说，一个叫吕便·杰·多德的律师跳进了利菲河，一名叫戈尔登的码头工人见义勇为，把他救上来。戈尔登由于此举住进医院，误了工，贫病交迫，律师的同名父亲（以放高利贷为业）却只给了前来诉苦的戈尔登之妻半克朗。书中把出事的时间提前到1904年。

本·多拉德（Ben Dollard）：原名本杰明。本地的一名歌手。他在替向吕便·杰借过高利贷的考利神父奔走，以期宽限几天还债日期。

鲍勃·多兰（Bob Doran）：原名罗伯特。在第十二章中醉酒。

莉迪亚·杜斯（Lydia Douce）：奥蒙德饭店的金发女侍。

玛丽·德里斯科尔（Mary Driscoll）：布卢姆家过去的女佣人。

达德利伯爵（Earl of Dudley）：原名威廉·亨勃尔·沃德。陆军中将，爱尔兰总督（1902—1906）。尼·雷切尔·格尼也即达德利夫人是他的妻子。

邓恩小姐（Miss Dunne）：博伊兰的秘书。

约翰·埃格林顿（John Eglinton）：绰号为“小个子约翰”，乔治·穆尔的秘书，与人合编一份叫作《达娜》的杂志。

高个儿约翰（Long Jonh Fanning）：原名范宁。都柏林市副行政长官。

卡什尔·博伊尔·奥康内尔·菲茨莫里斯·蒂斯代尔·法雷尔（Cashel Boyle O'Connor Fitzmaurice Tisdall Farrell）：都柏林的一个怪人，以其狂野的穿着和在灯柱外散步的习惯而闻名。

弗莱明大妈（Fleming）：布卢姆夫妇的女佣（不住在他们家）。

弗洛莉（Florry）：妓女。

弗林（Flynn）：戴维·伯恩的常客，绰号“大鼻子”，是个“包打听”。

格雷戈里夫人（Mrs. Gregory）：1898年结识诗人和剧作家叶芝，从此共同致力于创建爱尔兰民族戏剧。1899年在都柏林建成爱尔兰文学剧院，1904年迁入阿贝剧院，大力上演爱尔兰民族戏剧。

阿瑟·格里菲恩（Arthur Griffith）：爱尔兰独立运动“新芬”的倡导者。

葛罗甘老婆婆（old mother Grogan）：送牛奶的妇女。斯蒂芬把她看作是古老爱尔兰的象征。她本是爱尔兰歌曲《内德·葛罗甘》中的人物。

剥山羊皮（skin-the-Goat）：马车夫老板。

里奇·古尔丁（Richie Goulding）：原名理查德。斯蒂芬的舅舅，布鲁姆的朋友。在古尔丁·科利斯—沃德律师事务所任会计师。他与内弟西蒙已绝交。儿子名为沃尔特·古尔丁。

冈穆利（Gumley）：西蒙·迪达勒斯的旧友，现已沦落为市政府雇佣的守夜人。

海恩斯（Haines）：英国人，毕业于牛津大学。为研究凯尔特文而来到爱尔兰，与斯蒂芬、穆利根一起住在圆形炮塔。

佐伊·希金斯（Zoe Higgins）：妓女。她拿走了布鲁姆的护身符——一个土豆。

约翰·胡珀（John Hooper）：市政委员。

帕迪·胡珀（Paddy Hooper）：原名帕特里克。约翰·胡珀之子。

霍恩布洛尔（Hornblower）：三一学院南门的司阍。

安德鲁·约翰·霍恩（Andrew J. Horne）：霍利斯街国立妇产医院院长。

乔·海因斯（Joe Hynes）：原名为约瑟夫。《电讯晚报》记者，准备写一篇有关迪格纳穆丧事的报道。

乔治娜·约翰逊（Georgina Johnson）：牧师的女儿。

科尼·凯莱赫（Corny Kelleher）：原名科尼利厄斯。奥尼尔殡仪馆经理，负责为迪格纳穆料理葬礼事。

汤姆·克南（Tom Kernan）：布鲁姆之友，出身于新教徒世家，结婚时皈依天主教。

亚历山大·凯斯（Alexander Keyes）：茶商，布鲁姆与他协商在《弗里曼日报》刊登广告。凯斯将同意将广告延期两个月，以换取一个免费的段落宣传他在弗里曼的公司。编辑迈尔斯·克劳福德坚持要三个月，布鲁姆被夹在中间。

米娜·肯尼迪（Mina Kennedy）：奥蒙德饭店的褐发女侍。

内德·兰伯特（Ned Lambert）：原名爱德华。在一家谷物商店工作，其库房原是圣玛利亚修道院的会议厅。

利内翰（Lenehan）：《体育》报赛马栏记者，曾调戏过摩莉。

帕迪·伦纳德（Paddy Leonard）：原名帕德里克。布卢姆的熟人。

休·C. 洛夫（Hugh C. Love）：萨林斯镇圣迈克尔教堂的本堂神父，为了借一本关于菲茨杰拉德家族的书，到兰伯特的库房来参观。他在都柏林拥有一所房子，租给了考利神父。

文森特·林奇（Vincent Lynch）：医科学生，斯蒂芬的朋友。第十五章中，斯蒂芬醉酒卷入纠纷时，他却抛下斯蒂芬，扬长而去。

班塔姆·莱昂斯（Bantam Lyons）： 原名弗雷德里克。班塔姆为其绰号Bantam的音译，意为矮脚鸡，即矮小好斗的人。是布卢姆的熟人。

利斯特（Lyster）：公谊会教徒，任爱尔兰国立图书馆馆长（1895—1920）期间，由于信仰关系，言行有些古怪，故第九章开头处有“公谊会教徒—图书馆长”的说法。特·奥赖恩（Terry O'Ryan）：原名特伦斯。巴尼·基尔南酒吧的侍者。

格蒂·麦克道尔（Gerty MacDowell）：第十三章中引发布卢姆幻想的瘸腿美少女。

麦克休教授（Professor MacHugh）：学者，《自由人报》报社编委。经常为《电讯晚报》写社论。也许是由于博学才被称作教授。

穿胶布雨衣的人（Man in the Macintosh）：迪格纳穆葬礼上出现的神秘人物，其身份也是本书的一个谜团。

乔治·罗伯特·梅西雅斯（George Robert Mesias）：布鲁姆的裁缝。

C. P. 麦科伊（C. P. M'Coy）：昵称查理。布鲁姆的熟人，在都柏林市的实体收容所做验尸官助手。

约翰·亨利·门顿（John Henry Menton）：律师。

蒙克斯（Monks）：《自由人报》报社排字房老领班。

乔治·穆尔（George Moore）：爱尔兰小说家。代表作为《埃斯特·沃特斯》（1894），曾于1916年参加资助乔伊斯一家人的活动。

勃克·穆利根（Buck Mulligan）：原名玛拉基。医科学生。与海恩斯一起住进斯蒂芬租住的圆形炮塔。

红毛穆雷（Red Murray）：约翰·穆雷的绰号，《自由人报》的职员。

哈里·马尔维（Harry Mulvey）： 摩莉十五岁时在直布罗陀的初恋，

英国海军中尉。

W. B. 墨菲（W.B. Murphy）：水手，卡利加勒人，自称七年未回家，同性恋者。儿子达尼在科克一家布庄干活。

约翰·奥康内尔（John O'Connell）：身材魁梧的公墓管理员。

杰·杰·奥莫洛伊（J. J. O'Molloy）：年轻律师，后来患肺病，落魄潦倒。

拉里·奥洛克（Larry O'rourke）：原名罗伦斯。酒店老板，十分精明。

帕特（Pat）：奥蒙德饭点的茶房，耳背，谢顶。

霍罗翰（Holohan）：因跛了一条腿，绰号为“独脚”。

查理·斯图尔特·巴涅尔（Charles Stewart Parnell）：十九世纪后半叶爱尔兰有代表性的政治家，毕业于剑桥大学。乔伊斯的父亲是巴涅尔的热烈支持者，在其影响下，乔伊斯九岁时写了一首谴责希利的诗。父亲将它自费印刷，发给亲友。希利原是巴涅尔的盟友，关键时刻反戈一击。

约翰·霍华德·巴涅尔（John Howard Parnell）：查理之兄。

彭罗斯（Penrose）：曾住在布卢姆的友人西特伦家的一个学生。

杰克·鲍尔（Jack Power）：为人随和，供职于都柏林堡内的皇家爱尔兰警察总署。

米娜·普里福伊（Mina Purefoy）：原名为威廉米娜。摩莉的女友。当天夜里在医院生下一男孩，系难产，第十四章主要写的就是产院场景。她的丈夫名为西奥多·普里福伊，是循道公会教徒。

奎格利（Quigley）：妇产医院护士。

基蒂·里凯茨（Kitty Riketts）：妓女。

汤姆·罗赤福特（Tom Rochford）：以兜售赛马赌券为业，热衷于发明机器。

乔治·威廉·拉塞尔（Mr. Geo. Russell）：笔名A. E. 。《爱尔兰家园报》主编。斯蒂芬曾欠他一畿尼，迄未偿还。

霍·朗博尔德（H. Rumbold）：利物浦市的高级理发师，刽子手。他写信给都柏林行政司法长官说，每绞死一个犯人，索酬五畿尼。

F. W. 斯威尼（F. W. Sweny）：布鲁姆向其购买柠檬味香皂的药剂师。

桑顿太太（Mrs. Thornton）：为鲁迪接生的产婆。

布赖恩·库珀·特威迪（Brian Cooper Tweedy）：摩莉酗酒、抽烟、斗殴的父亲，妻子为鲁妮塔·拉雷多。

利兹·特威格（Lizzie Twigg）：应聘打字员一职，以回应布鲁姆的广告，布鲁姆拒绝了他，因为他认为她可能太附庸风雅。特威格是一位真正的女诗人，也是乔治·罗素的助手。

雷吉·怀利（Reggie Wylie）：格蒂的男友，高中学生。时值期中考试，其父亲令其在家学习。

五　乔伊斯大事年表

（文洁若 编）

1882年　2月2日生于都柏林南郊拉斯马因兹一个信天主教的家庭中。其父约翰·乔伊斯（1849—1931）是税务专员，与妻子玛丽·简（1859—1903）共生有四男六女，乔伊斯为长子。

1886年　英首相葛莱斯顿的《自治法案》未获通过。

1888年　6岁。9月1日入基德尔县沙林斯市的克朗戈伍斯森林公学，校长是天主教耶稣会会长康米神父。乔伊斯是学生中年龄最小的。

1890年　8岁。爱尔兰民族主义领袖巴涅尔失去自治联盟主席职。

1891年　9岁。因父亲失业，乔伊斯于六月间退学。同年10月，巴涅尔去世，乔伊斯出于对巴涅尔的同情，写了一首讽刺诗《希利，你也这样！》。希利是爱尔兰自治运动和土地改革运动中的领袖，本与巴涅尔关系密切，但在关键时刻却与巴涅尔决裂。

1893年　11岁。经康米神父介绍，乔伊斯进了贝尔维迪尔公学三年级。该校也是耶稣会所办。他一度想当神父。19世纪以来，在都柏林形成了以叶芝、格雷戈里夫人及辛格为中心的爱尔兰文艺复兴运动，他深受其影响。通过友人，他也受到爱尔兰民族独立运动的影响。然而给予他更强烈影响的是，19世纪末出现在欧洲文学中的自由思想。中学毕业前，他就对宗教信仰产生了怀疑。

1897年　15岁。获全爱尔兰最佳作文奖。

1898年　16岁。9月入皇家大学都柏林学院，专攻哲学和语言。在校期间博览群书，为了读他最钦佩的作家易卜生的原著，学了丹麦文和挪威文。

1900年　18岁。1月20日，在学院的文学及历史协会发表讲演，题目是《戏剧与人生》。4月1日，英国文学杂志《半月评论》发表他的关于易卜生作品《当我们死而复醒时》（1899）的评论：《易卜生的新戏剧》。此文获得年过七旬的易卜生的称许，使乔伊斯深受鼓舞，从而坚定了他走上文学道路的决心。

1901年　19岁。10月，写《喧嚣的时代》一文，批评爱尔兰文艺剧院的狭隘的民族主义，自费出版。

1902年　20岁。夏天，结识叶芝和剧作家格雷戈里夫人。10月获学士学位，入圣塞西莉亚医学院，因交不起学费而辍学。12月初赴巴黎，下旬回都柏林。

1903年　21岁。1月17日再度离开都柏林，23日抵巴黎，靠写书评和教英语糊口。4月10日，接到母亲病危的电报回国。8月13日，母亲去世。在都柏林结交奥利弗·戈加蒂。

1904年　22岁。开始写自传体小说《一个青年艺术家的画像》，2月2日决定把它改写为长篇小说。3月至6月底，在多基一座私立的克里夫顿学校代课。6月10日，散步途中结识诺拉·巴那克尔，一见钟情。16日（布卢姆日）傍晚，两人首次幽会。这个期间写了后来收入《都柏林人》的一些短篇，发表在当地报刊上。用斯蒂芬·迪达勒斯的笔名，在8月13日的《爱尔兰家园报》上发表短篇《姐妹》。9月9日，与戈加蒂一道住进沙湾的圆形炮塔。同住的还有戈加蒂的友人萨缪尔·特连奇（牛津大学学生）。19日，因不喜欢戈加蒂，遂离开炮塔，回到父亲的家。10月上旬偕诺拉赴大陆，联系好在瑞士教英语的职务。途经巴黎，11日抵苏黎世。然而教职落了空，11月初改赴波拉的伯利兹语言学校任教。波拉在的里雅斯特（当时属于奥地利）以南一百五十英里外。

1905年　23岁。3月，转任的里雅斯特的伯利兹语言学校任教。7月，因教职有了空缺，把胞弟斯坦尼斯劳斯叫了来。同月，长子乔治亚出生。12月3日，将《都柏林人》原稿十二篇（后补加三篇）寄给出版家理查兹。

1906年　24岁。7月底赴罗马，在银行任通讯员。9月30日在致斯坦尼斯劳斯的信中谈到短篇小说《尤利西斯》的设想。主人公是住在都柏林的一个犹太人。但他当时并未把这个短篇写出。4月以来，就改写短篇小说集《都柏林人》的问题与理查兹鱼雁往还。9月30日收到拒绝出版的信。

1907年　25岁。3月5日辞去银行的工作，7月回的里雅斯特，仍在原校任教。5月，早年写的抒情诗集《室内乐》出版。7月，长女露西亚·安娜出生。他辞去教职，个别教授英语。

1908年　26岁。3月，将辛格的《骑马下海的人》（1904年上演的悲剧）译成意大利文。5月底，患虹膜炎。

1909年　27岁。为了交涉《都柏林人》出版事宜，7月回到都柏林，住在父亲家，并与蒙塞尔出版社签订《都柏林人》出版合同。9月回到的里雅斯特。10月又返回都柏林，在四个企业家赞助下，12月间开设沃尔特电影院。

1910年　28岁。1月2日，在妹妹艾琳的陪伴下，回到的里雅斯特。7月，把闹亏损的沃尔特电影院出让给人。

1911年　29岁。2月9日，蒙塞尔出版社来信，要求将涉及爱德华七世的记述一概删除。大约在这个时候，他把《斯蒂芬英雄》的原稿丢进火炉，幸而妹妹艾琳在场，给抢了出来。

1912年　30岁。7月最后一次回爱尔兰。与蒙塞尔出版社的谈判破裂。9月11日活字版被拆掉。当夜，乔伊斯携全家人离开都柏林。在回到的里雅斯特的路上，他针对出版家罗伯茨写了一首讽刺诗《火口喷出来的瓦斯》。

1913年　31岁。在列沃帖拉高等商业学校（的里雅斯特大学的前身）教书的同时，继续个别教授英语。12月15日，经叶芝介绍，艾琳拉·庞德来信叫他寄作品去。

1914年　32岁。经庞德的介绍，自二月二日起，至次年九月号为止，在《唯我主义者》杂志上分二十五次连载《一个青年艺术家的画像》。一月二十九日，理查兹同意出版《都柏林人》，该书于六月十五日问世。当月，开始写《尤利西斯》第三章。

1915年　33岁。6月下旬移居苏黎世，继续个别教授英语。经庞德、叶芝等人奔走，获得皇家文学基金的津贴。

1916年　34岁。经《唯我主义者》主编哈丽特·维沃尔鼎力协助，《都柏林人》以及《一个青年艺术家的画像》在美国出版。

1917年　35岁。2月，青光眼复发。2月12日，《一个青年艺术家的画像》的英国版由伦敦的唯我主义者出版社出版。八月十八日，右眼动手术。

1918年　36岁。经庞德介绍，在美国《小评论》杂志3月号上开始连载《尤利西斯》。5月，剧本《流亡者》的英国版《格兰特·理查兹》和美国版（休布修）同时问世。与友人克劳德·赛克斯共同创立英国演员剧团，夏季到洛桑、日内瓦等城市巡回演出王尔德的《名叫欧纳斯特的重要性》，并于9月间在苏黎世公演萧伯纳的《华伦夫人的职业》以及另外一些英国戏剧。

1919年　37岁。自5月起，哈丽特·维沃尔开始在经济上资助乔伊斯，一直延续到他去世后办理丧事为止。8月7日，《流亡者》在慕尼黑上演。10月中旬返回的里雅斯特，又到列沃帖拉高等商业学校教书。

1920年　38岁。在庞德的劝说下，决定移居巴黎，7月8日抵巴黎。11日结识莎士比亚书屋的西尔薇亚·毕奇。8月15日，诗人T. S. 艾略特等两人来访。12月20日完成《尤利西斯》第十五章。

1921年　39岁。《小评论》杂志因连载《尤利西斯》，在纽约被控告刊载猥亵作品被判有罪。4月10日，与西尔薇亚·毕奇签订《尤利西斯》出版合同，征集一千部的预约。预约者有叶芝、庞德、纪德、海明威等。五月间在友人家与马塞尔·普鲁斯特晤面。10月29日，《尤利西斯》的原稿完成。

1922年　40岁。在生日（2月2日）那天收到《尤利西斯》的样本。8月携妻赴伦敦，初次见到哈丽特·维沃尔。因目疾恶化，急忙回巴黎。开始构思《芬尼根的守灵夜》。

1923年　41岁。3月10日，着手写《芬尼根的守灵夜》。

1924年　42岁。3月，《一个青年艺术家的画像》的法译本出版，改名《迪达勒斯》。《尤利西斯》法译的一部分刊载在《交流》杂志上。4月，《大西洋两岸评论》刊载《芬尼根的守灵夜》开头部分。当年，维吉尼亚·吴尔夫出版小册子《本涅特先生和布朗太太》，对乔伊斯的作品表示支持。哈佛·葛曼所著《詹姆斯·乔伊斯最初的四十年》出版。

1925年　43岁。2月29日，纽约的涅瓦弗德剧场上演《流亡者》。在《克莱帖里昂》7月号上发表《芬尼根的守灵夜》第五章。

1926年　44岁。2月14、15日，伦敦的摄政剧场上演《流亡者》。

1927年　45岁。抒情诗集《一分钱一只的果子》由莎士比亚书屋出版。《尤利西斯》的德译本问世。

1929年　47岁。2月，《尤利西斯》法译本出版。4月25日，儿子乔治亚作为男低音歌手首次登台演唱。女儿露西亚神经出现异常症状。

1930年　48岁。《尤利西斯》德译本出版第三版。12月下旬，受乔伊斯本人之托，哈佛·葛曼着手写其传记。斯图尔特·吉尔伯特的《詹姆斯·乔伊斯的〈尤利西斯〉》由费伯与费伯出版社出版，他强调了此作的古典主义性格与象征性。（此书的修订本出版于1952年。）

1931年　49岁。4月，携妻女赴伦敦。7月4日是父亲约翰的生日，乔伊斯选定这一天在伦敦与诺拉正式结婚。自从1904年不顾父亲的反对与诺拉私奔，已过了二十七年。12月29日，其父亲在都柏林逝世。

1932年　50岁。2月15日，孙儿斯蒂芬·詹姆斯·乔伊斯出生。《尤利西斯》日译本由岩波书店出版。乔伊斯本人认为属盗印，但按日本版权法，外国作品只享有版权十年。

1933年　51岁。12月6日，纽约的乌尔赛法官宣判《尤利西斯》并非猥亵作品。

1934年　52岁。1月，为了确保版权，纽约的兰登书屋抢先出版一百部《尤利西斯》。弗兰克·勃真所著《詹姆斯·乔伊斯与〈尤利西斯〉的创造》由伦敦格雷森与格雷森出版社出版（修订本于1967年由美国印第安纳大学出版社出版）。

1935年　53岁。7月，女儿露西亚的神经病发作，致使乔伊斯做了一星期噩梦，不断地为幻觉困扰。

1936年　54岁。7月，将露西亚以前写的《乔叟入门》作为她的生日礼物出版。12月，《诗集》出版。

1937年　55岁。10月，《年轻内向的斯特列拉》在伦敦出版。

1938年　56岁。11月13日，《芬尼根的守灵夜》完成。乔伊斯动员友人们做校对，年底校完。

1939年　57岁。5月4日，《芬尼根的守灵夜》在伦敦和纽约同时出版。

1940年　58岁12月17日，迁居到苏黎世。哈佛·葛曼的《詹姆斯·乔伊斯》出版。

1941年　59岁。1月10日，因腹部痉挛住院，查明系十二指肠溃疡穿孔，13日凌晨去世。15日葬于苏黎世的弗林贴隆坟地。

六　乔伊斯图传

1. 乔伊斯在苏黎世

2. 乔伊斯进入克朗戈伍斯森林公学前所拍家庭照

3. 都柏林大学学院合照，乔伊斯在后排左二

4. 左图为乔伊斯的妻子诺拉饰演《骑马下海的人》
5. 右图为剧院宣传海报

6. 诺拉和儿子乔治亚、女儿露西亚在苏黎世

7. 埃兹拉·庞德、约翰·奎因、福特·马多克斯·福特、乔伊斯在巴黎

8. 乔伊斯与莎士比亚老板西尔维娅·毕奇在莎士比亚书店门前

9. 初版《尤利西斯》，由莎士比亚书店出版

10. 乔伊斯在作品中多次提到的爱尔兰民族主义领袖巴涅尔

11. 位于桑迪蒙特的圆形炮塔

12. 四十步潭

13. 霍斯渔港

14. 爱尔兰国立图书馆

15. 乔伊斯故居

图片来源：

图1、图9：Wiki Commons（Public Domain）
图2、图6：Courtesy of State University of New York at Buffalo
图3、图7、图8、图10、图12、图13：Courtesy of Columbia University
图4：Courtesy of Jimmy Joyce
图5：Courtesy of Fritz Senn
图11：Courtesy of The Irish Times
图14：Courtesy of Patrick Henchy and National Library of Ireland
图15：戴从容教授供稿